Herstellung und Verlag:
Books on Demand, Norderstedt
ISBN: 978-3-7322-3291-8

Konzept/Fragen/Gestaltung:
Anne Maar/Sean Keller
Juli 2012 - August 2013

Was ist das für ein Buch?

Mit Fragen von
Anne Maar und Sean Keller

und Antworten von

Andreas Aelter, Birgit Bauer, Verena Ballhaus, Tamara Deutsch, Thery-Joe Federolf, Hannes Maar, Paul Maar, Bjørn Melhus, Ingo Pfeiffer, Anita Rask Nielsen, Paul Rauber, Andreas Schendel, Martina Schröder, Lea Schumm, Sebastian Worch

Haben Pflanzen Charaktereigenschaften?

1

Bunt und lecker sein - vor allem als Salat.

Klar! Auch Pflanzen passen sich ihrer Umgebung und Behandlung an, entwickeln daher ein "Gedächtnis" und somit strenggenommen auch eine Charaktereigenschaft.

Charakter zeigt sich wohl bei Mensch und Tier:
Von Noblesse runter bis zur nackten Gier.
Befragt man dazu Pflanzen, wird's kompakter –
Ihr Florawesen: Habt ihr denn Charakter?
Frau Trauerweide schüttelt schwer ihr Haupt.
Herr Ampfer säuerlich: „Ein Narr, wer's glaubt!"
Die Distel stichelt: „Leugnet's nur – ich meine –
Bekanntlich seid ihr zwei Charakterschweine."

Ist schon lange bewiesen.

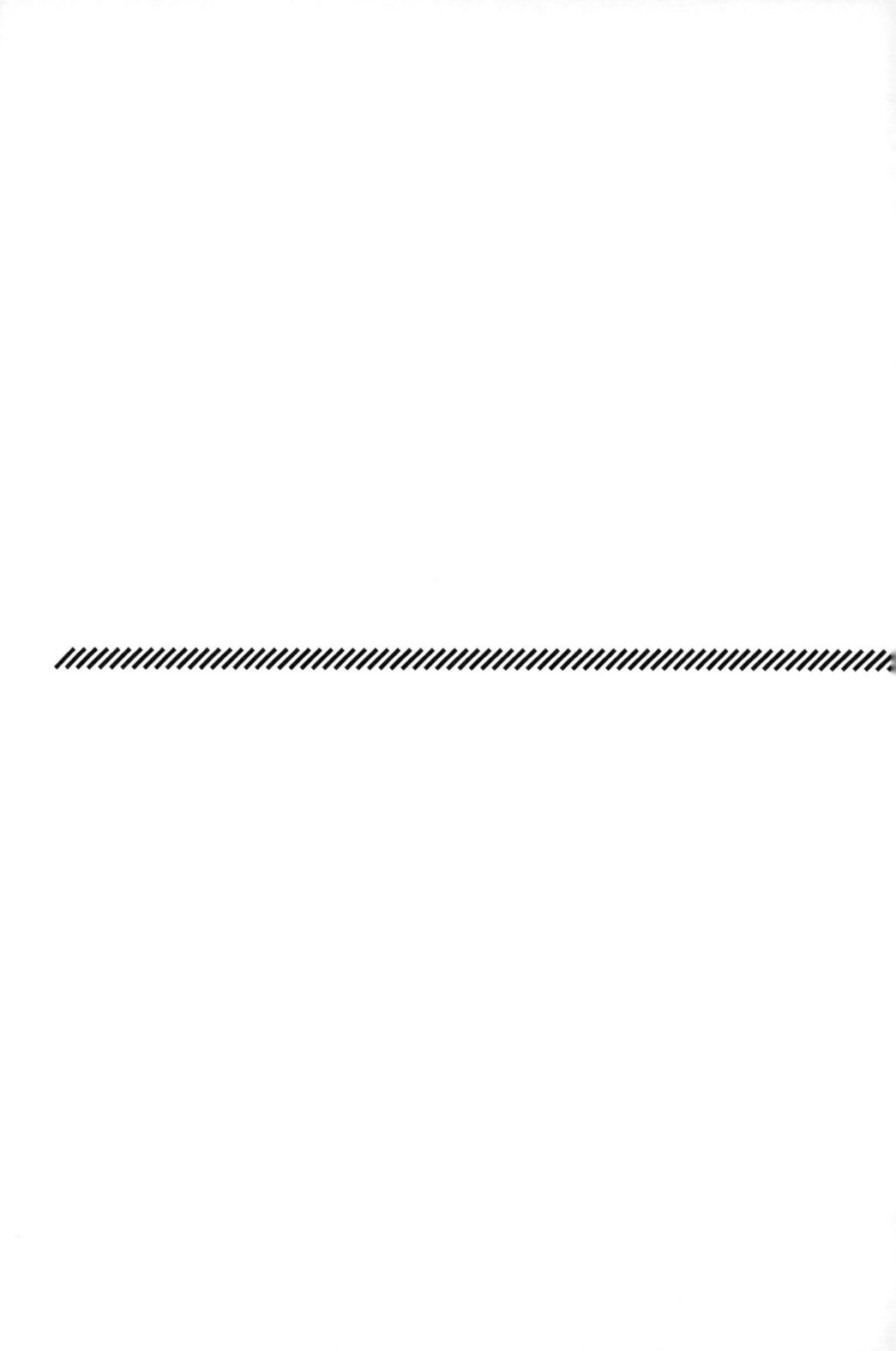

Hat der Mensch das Recht, anderen Gesetze aufzuzwingen?

Wer ist "der Mensch"? Ein einzelner: nein. Im demokratischen Konsens zur Funktion eines gesellschaftlichen Zusammenlebens: ja.

Der Begriff "aufzwingen" erschwert die Beantwortung der Frage. Zwang ist nichts Gutes, hat mit Gewalt und Macht zu tun, womöglich mit Machtmissbrauch. Niemand sollte das Recht haben, jemand anderen zu etwas zu zwingen. Aber da von Gesetzen die Rede ist, möchte ich die Frage bejahen. Mit einer Einschränkung: eine befugte Stelle (die Exekutive) sollte das Recht haben, Anderen Gesetze aufzuzwingen, die dem Prinzip der Grundrechte (im GG) untergeordnet sind. An oberster Stelle steht der Schutz der Menschenwürde und der unverletzlichen Menschenrechte. Das Prinzip gebietet Eigenverantwortung plus Solidarität, stellt alle Menschen gleich, verleiht einem das Recht zu Widerstand, vebietet Willkür. Das heißt, jemand, der dieses Prinzip missachtet und Anderen oder sich selbst Schaden zufügt, darf zum Schutz der Anderen oder zum eigenen Schutz durch Gesetze und daraus entstehende Rechte daran gehindert werden.

3

Wie fühlt sich die Angst eines Hasen an?

Die Angst des Hasen fühlt sich an wie ein Fuß. Nicht umsonst nennt man einen ängstlichen Menschen einen Hasenfuß (siehe Schiller *Die Räuber*: „Hat er Courage nicht, so ist er ein Hasenfuß!").

Wie die eines Menschen im abstürzenden Flugzeug.

Sein Herz schlägt unter dem Fuß
Bodenlos schnell rennt
er von unten gespiegelt
sich selbst hinter
heran naht
was war das
Geräusch lauter als schnell
weiter als
leise sitzt er auf der
Erde dreht sich
wie ein Zahnrad
rastete ein, nicht aus
Angst pocht von innen nach
außen sieht man nicht einen Mucks
allein schlägt
(er Haken)
sein Herz

Hasfurter

167. Jahrgang, Nr. 203   Montag, 25. Septemb

Fuchs zum offiziellen Wappentier der Weltregierung gewählt

Trotz der weltweiten Proteste hunderttausender Kleintier-Liebhaber wurde am letzten Mittwoch, den 21. September, nicht, wie ursprünglich beabsichtigt, der Feldhase, sondern der Fuchs zum Wahrzeichen der Weltregierung gewählt.
Der Regierungssprecher Christian Lindner erklärte Mittwoch Abend vor der Presse: "Wir freuen uns, nach langer Diskussion nun endlich eine zufrieden stellende Lösung gefunden zu haben und uns der Öffentlichkeit mit einem schmucken Wappentier präsentieren zu können."
Wochenlang hatte die Fuchs-Lobby gegen die eigentlich prophezeite Nominierung des Hasen als Wappentiers Stimmung gemacht - Mit Erfolg wie es scheint. "Wir sind mit diesem Ergebnis weder einverstanden, noch können wir gutheissen, wie es Zustande gekommen ist. "Das ist nur das Ende einer Reihe von Hasen-, Kaninchen- und Kleintier-feindlichen Entscheidungen, die die Politik in der letzten Zeit getroffen hat." meinte ein sichtlich aufgebrachter Vorsitzender des Verbandes "Feld und Wiesen-Kleintier-Schutzvereinigung" Donnerstag Abend vor der Presse.
In der Bevölkerung scheint das Echo auf das Wappentier aber grundsätzlich positiv zu sein.
"Endlich kann ich meinen Fuchsschwanz wieder mit Stolz tragen", "Ein Glück, dass es nicht diese mickrigen Karnickel geworden sind" - solche und ähnliche Aussagen hört man zur Zeit an fast jeder Ecke.

Möhrenpopulation vollständig ausgestorben

Nachdem die weltweite Karottenpopulation in den letzten Jahren bereits ste zurückgegangen war, ist am Montag, den 18. September 2080 doch wa geworden, was viele Agrarexperten bereits seit Jahren vorausgesagt haben: D letzte registrierte Möhrenacker ist stillgelegt worden. Der Virus TX15, d bereits seit Jahren vor allem kleinere Grüngewächse und Rübengemü dezimierte, hat auch hier sein zerstörerisches Werk vollendet: Die Wurzeln d Karotten sind irreparabel abgestorben.
Hein Peter Brinkmann, Agrarischer und TX15-Beauftragter des weltweit Agrarrats gab am Dienstag folgendes Statement ab: "Wir sind untröstli darüber, ein solch wichtiges und kulturbildendes Gewächs verloren zu habe Der Virus hat sich schneller ausgebreitet als erwartet und unse Schutzmaßnahmen haben wider Erwarten nicht funktioniert.
Dabei wollen wir uns, vor allem bei den betroffenen Bauern,
in aller Form entschuldigen."
Trotz der reumütigen Worte laufen Verbraucherschutzverbände schon se Woche Sturm auf den Agrarrat. "Es ist unglaublich, wie lange sol offensichtliche Zeichen ignoriert wurden" meint Peter Hase, Vorsitzender de Verbandes "Rübengewächse 4ever e.V.", die Karotte war nicht nur kulinaris sondern auch kulturell ein Gewächs von unschätzbarem Wert und wird deutschen Küchen, aber aber in unserer Kultur nicht zu ersetzen sein."
Den Schweizer Lebensmittelhersteller Nestlé, der seit einigen Jahr Analog-Rüben aus Tofu und Pflanzenfetten herstellt, wird es freuen:
Die Aktienkurse des Unternehmens stiegen nach Bekanntgabe d Karottensterbens um 4,5%.

Transkontinentaler Schönheitsideal-Verban

Nachdem der einzige weltweit anerkannte Verband zur Ausrufung vo übernatürlich lange Ohren als "überaus unschön" bezeichnet hatte, h herausgegeben, die sich mit der mangelnden Ästhetik übergroßer Vo unumstrittenen Verband in der Öffentlichkeit vertritt, kündigte an, d

Tagblatt

Einzelpreis 1230 Euro

EU-Norm zur Maximalen Ohrenlänge verschärft

Als vor zwei Jahren die erste EU-Norm zur maximal erlaubten Ohrenlänge erlassen wurde war der Aufschrei groß. Nicht nur der europäische Dackelverband, sondern viele Tierverbände rund um die Welt protestierten gegen den Beschluss - Begriffe wie "Ein infames Vordringen in die Privatsphäre der Fauna", "Kosmetik-Faschismus" und die Befürchtung, Menschen mit Segelohren müssten langsam anfangen sich Sorgen zu machen, machten die Runde. Wer damals dachte, die Entscheidungsträger in Brüssel wären Zukunft vorsichtiger mit Beschlüssen in dieser Richtung hat sich gründlich geirrt. Die EU-Norm wurde in einer Entscheidung am Donnerstag, den 22.September, weiter verschärft. Dabei wurde die maximale Ohrenlänge noch einmal dramatisch verringert, die Ausnahmen für Elefanten und größere Wildtiere bleiben aber bestehen. Der Beschluss, der während dem WM-Endspiel zwischen Uganda und China getroffen wurde, bekam 340 Pro- und 47 Gegenstimmen. Dabei ist diesmal nicht nur die Art, sondern auch der Zeitpunkt der Abstimmung pikant: "Die durchschaubare und empörende Absicht, das öffentliche Interesse zu meiden ist fast genauso niederträchtig wie der Entschluss an sich" meint etwa Peter Bringer, Stellvertreter Vorsitzender der Grünen, die für 45 der 47 Gegenstimmen verantwortlich ist. Betroffen von der neuen Verordnung sind etwa der Feldhase und einige Kaninchenrassen mit besonders langen Hörorganen. Ihnen droht nun eine Umsiedlung in Gebiete ausserhalb der EU oder eine chirurgische Ohrenkürzung.

rurteilt übergroße Vorderzähne

nheitsidealen, im vergangenen Jahr bereits Verband nun eine Pressemitteilung ne beschäftigt. Max Dobrindt, der den nicht cheidung kommenden Dienstag vor der Presse zu

Nach jahrelanger Forschung haben es indische Wissenschaftler am Max-Planck-Institut Braunschweig geschafft, ein exaktes Bild der Angst eines Hasen zu entwickeln. Hier ein Ausschnitt aus den Ergebnissen.

Ist jedes Leben gleich viel wert?

Es gab und gibt immer noch Sklaven.

Streng genommen schon. Gesellschaftlich gibt es jedoch einen Unterschied in der Sanktionierung, ob ich nach Abnahme von Blut eine Mücke oder meinen Arzt totschlage.

gutefrage.net

FRAGE VON ▪▪▪ 10.07.2011 – 16:40
In der Schule haben wir einmal darüber geredet und jeder sollte seine Meinung sagen. Die meisten meinten ja, alle Leben sind gleich viel wert. Ein Junge sagte nein. Für ihn nicht. Jesus Leben wäre wertvoller als das von uns allen und ein Mädchen hat auch nein gesagt. Sie meinte der Wert kann sich ändern. Sie sagte als Beispiel Obama. Als er auf die Welt kam war er auch normal wie alle. Aber durch seine harte Arbeit und seine Tätigkeiten ist er viel wertvoller geworden. Und da er der Präsident der USA ist würden viele Menschen ihr Leben opfern um seins zu retten. Sie meinte es hängt immer davon ab, was man gemacht hat. Was haltet ihr davon? Hat sie recht?

ANTWORT VON ▪▪▪ 10.07.2011 – 16:54
Wir Menschen geben jeder Person bewusst oder unbewusst einen bestimmten Wert. Manche sind aus welchen Gründen auch immer, wertvoller als andere, für UNS! Aber aus Sicht der Natur ist jeder gleich viel wert. Jeder hat ein Leben geschenkt bekommen, und muss es sich selber besmöglich einrichten. Der Wert eines Menschen steigt/sinkt in meinen Augen mit dem Charakter eines Menschen...

ANTWORT VON ▪▪▪ 10.07.2011 – 16:46
Moralisch gesehen würde jeder im ersten Moment "ja" antworten, wir sind alle gleich, jeder ist gleich viel wert. Aber wenn es darauf ankommen würde in der Theorie, dass man nur ein Menschenleben von zweien retten kann, dann gibt es unzählige Situationen wo man sich schnell entscheidet, wenn man rettet und wen nicht.
- Eine 90 jährige Dame oder ein kleines Kind?
- Einen Mörder oder den Nachbarn?
- Eine Fremde oder die eigene Mutter?
- Den Totkranken oder den Gesunden?

Zum Glück muss man wohl niemals eine derartige Entscheidung treffen, aber rein theoretisch ist wohl doch nicht jedes Menschenleben gleich viel wert.

KOMMENTAR VON ▪▪▪ 11.07.2011 – 11:16
Im 3. Reich wurde ähnlich argumentiert!

KOMMENTAR VON ▪▪▪ 12.07.2011 – 17:01
Vielen Dank für den Vergleich... Ich möchte dich sehen, wenn du in die Situation gerätst (mal rein fiktiv), dass du nur ein Menschenleben retten kannst: Entweder deine Mutter oder einen Mörder. Um das mal zu überspitzen. Du bist der Meinung alle sind gleich? Ok dann müsstest du jetzt losen. Und dann kannst du ja mit ruhigem Gewissen deine Mutter in den Untergang schicken. Gerechtigkeit über alles. Ja ich stelle meine Mutter über einen Mörder. Für mich sind diese beiden

Menschen nicht gleich. Und nein, das macht mich nicht zu einem Nazi!

ANTWORT VON ■■■ 10.07.2011 – 16:41
Nein. Vergewaltiger haben in meinen Augen kein Recht zu leben. Frauenschläger haben vielleicht ein Recht zu leben aber mir brauchen die auch nicht zu nah kommen! Aber sonst schon

KOMMENTAR VON ■■■ 10.07.2011 – 16:44
Ich wette Vergewaltiger wurden nicht so geboren.

KOMMENTAR VON ■■■ 10.07.2011 – 16:46
nein, er hat es sich selbst verscherzt.

KOMMENTAR VON ■■■ 10.07.2011 – 16:49
stimmt, nicht so geboren also ist er auch selbst dran schuld das ich ihn abstemple!

ANTWORT VON ■■■ 11.07.2011 – 07:22
Es gab immer Menschen, die den Wert der Menschen nach Rasse, Hautfarbe, Tätigkeit etc. bemessen haben, und dadurch kamen immer Kriege zu Stande. Auch die Evolutionstheorie hat dazu beigetragen, dass man bis in die 40-er Jahre des 20. Jahrhunderts noch Aborigines in Australien jagen durfte, weil sie angeblich nicht voll entwickelte Menschen seien! Menschen in wertvoll - wie Papst oder Präsident - und weniger wertvoll einzuteilen ist für mich schon fast Gotteslästerung,

ANTWORT VON ■■■ 10.07.2011 – 18:46
Der Wert eines Menschen ergibt sich nicht aus seinen Taten oder Verdiensten. Die Würde des Menschen ist unantastbar und egal welcher Nation, welcher Schicht oder welcher Religion ein Mensch angehört, so ist er immer ein Mensch, dem Gott den Odem des Lebens einhauchte. Dieser Göttliche Funke, den jeder Mensch in sich trägt, macht seine Würde, seinen Wert aus. Kein Mensch ist mehr wert als ein anderer!

ANTWORT VON ■■■ 10.07.2011 – 16:47
Wer behauptet, dass jedes Menschenleben gleich viel wert ist, der weiß einfach nicht Bescheid. Vor allem wir hier im reichen Westen tun uns da leicht, wir haben ja alles. Hier in Europa oder in Amerika interessiert sich doch kein Schwein für die Millionen Unterdrückten in anderen Ländern, die für uns die billigen Produkte machen! Wenn hingegen in Deutschland ein Kind vergwaltigt und umgebracht wird schreit die Nation auf. Also meiner Meinung nach wäre zwar jedes Menschenleben gleich viel wert, in der Praxis ist das nicht so!

ANTWORT VON ■■■ 10.07.2011 – 16:51
Keine zwei Menschen sind gleich. Du bist nicht gleich wie ich, nicht gleich wie unser Nachbar. Wir sind alle verschieden. Aus diesem Grund sind auch

Menschenleben nicht gleich. Wie viel es wert ist, hängt davon ab, was und wie viel man für die Gesellschaft tut und getan hat. Das Leben eines Kindermörders ist zum Beispiel weniger Wert als eines aufopferungsvollen Familienvaters. Deswegen sperrt man ja auch den ersteren ein, und den zweiten nicht. Im Knast zu sein ist auch kein wirkliches Leben :(Mit Präsident Obama wäre ich vorsichtig. Hype mithilfe der Medien um einen zu veranstalten, bedeutet noch nicht automatisch, dass er bedeutendes für die anderen getan hat.

ANTWORT VON ■■■ 10.07.2011 – 16:47
Der Mensch wird nicht nach seinem Wert eingestuft, sondern besitzt eine Würde (Grundrecht)!

ANTWORT VON ■■■ 10.07.2011 – 16:46
Ich finde, das kommt darauf an, wie man es sieht und wer es betrachtet. Für die Gesellschaft ist Obama mit Sicherheit wichtiger als ein Neugeborenes. Aber für die Menschen, die fernab von der Gesellschaft leben, zum Beispiel Menschen in den Ländern der Dritten Welt, denen ist Obama doch relativ egal (es sei denn er setzt sich für sie ein und hilft ihnen). Für solche Menschen ist ein kompetenter Arzt oder ein Helfer wichtiger und wertvoller. Eine Frau, die in ihrem Leben Karriere machen will und Kinder nicht mag, der ist das Leben eines kleinen Kindes nicht so viel Wert, wie einer Frau, die sich sehnlichst Kinder wünscht. Das Leben an sich ist etwas, auf das alle Menschen Recht haben. Es liegt also immer im Auge des Betrachters. Meine eigene Meinung würde jetzt zu weit führen ;-) die ist nämlich genau ein Zwischending zwischen dem, was deine Klassenkameraden sagen. Liebe Grüße. Ich finde es gut, dass man so was in der Schule diskutiert ;-)

ANTWORT VON ■■■ 10.07.2011 – 16:43
Jeder Mensch ist gleich viel wert. Egal was er für Berufe hat oder wie er aussieht!

ANTWORT VON ■■■ 10.07.2011 – 16:42
Natürlich ist jedes Leben gleich viel wert... also ich sehe keinen Unterschied ob ein Mensch komplett behindert ist oder gesund ist... Jeder Mensch ist gleich.

KOMMENTAR VON ■■■ 10.07.2011 – 16:47
Und die richtigen Arschlöcher und Mörder?

KOMMENTAR VON ■■■ 10.07.2011 – 16:53
Ich glaube, da bewegen sich die Meinungen stark auseinander. Also Mörder müssten für mich ins Gefängnis aber nicht gleich erhängt werden zum Beispiel wie in den Vereinigten Staaten. Da gibt es ja noch die Todesstrafe.

ANTWORT VON ■■■ 11.07.2011 – 18:49
JEDES Leben ist wert. Tiere. Pflanzen auch.

ANTWORT VON ■■■ 11.07.2011 – 11:52
Jedes Menschenleben hat den gleichen Wert und die gleiche Würde, und zwar von der Empfängnis bis zum natürlichen Tod.

ANTWORT VON ■■■ 11.07.2011 – 10:24
Ja, absolut jedes, ohne Ausnahme!

ANTWORT VON ■■■ 10.07.2011 – 16:46
Jedes Leben hat den gleichen Wert. Nur das eigene Leben ist natürlich mehr wert. ;-)

ANTWORT VON ■■■ 10.07.2011 – 16:45
Jedes Leben ist zunächst mal gleich viel wert. Allerdings kann man sich dieses Recht auch verscherzen, finde ich. Wer anderen das Leben nimmt, oder ein sonstiges sehr schweres Verbrechen begeht, weiß, was er tut und soll dann auch sein eigenes Leben verlieren.

ANTWORT VON ■■■ 10.07.2011 – 16:44
Jeder Mensch ist gleich viel wert! Jesus war kein Mensch, und der Präsident hat nur mehr Macht!

```
Dr. House – Acceptance (2005) – Staffel 2, Teil 1
Drehbuch: Russel Friend & Garrett Lerner
```

Dr. House wird von der Krankenhausleiterin Dr. Cuddy zu einem Todeskandidaten ins Gefängnis geschickt. Er ist im Eingangsbereich des Krankenhauses unterwegs, gefolgt von seinen 3 Assistenten, Foreman, Cameron und Chase.

House:	Cuddy schickt mich ins Gefängnis. Es geht um einen Todeskandidaten.
Foreman:	Kann man seine Zeit nicht sinnvoller verbringen?
House:	Gute Frage. Wann ist jemand behandlungswürdig? Ist ein Mann, der seine Frau betrügt, behandlungswürdiger als einer, der sie umbringt?
Foreman:	Ja, allerdings, ist er.
House:	Und was ist mit einem Kinderschänder? Sicher

kein Tugendheld aber er hat niemanden getötet. Möglicherweise kriegt er Antibiotika, aber keine MRT's. Was ist mit Ihnen? Welche ärztliche Versorgung sollte Ihnen verweigert werden, als bekannter Autodieb? Ich sag Ihnen was: Sie drei machen mal eine Liste aller ärztlichen Behandlungen, die jemand nicht erhält aufgrund seiner Straftaten. Ich seh' sie mir an, wenn ich zurück bin.

TODESFLUG AF 447
228 TOTE BEI AIRBUS-ABSTURZ ÜBER DEM ATLANTIK
VON PHILIPP HEDEMANN 10.07.2009 17:19 UHR

Stewarts Law ist die größte Anwaltskanzlei in Europa, die sich auf Entschädigungszahlungen für die Opfer von Flugkatastrophen spezialisiert hat. BILD traf James Healy-Pratt, Leiter der Abteilung Flugrecht der Londoner Kanzlei.

BILD: Mit wie viel Entschädigung können die Angehörigen der Opfer von Flug AF 447 rechnen?

Healy-Pratt: Wir wollen im Schnitt eine Million Euro pro Opfer raus holen.

BILD: Was heißt im Schnitt? Ist nicht jedes Menschenleben gleich viel wert?

Healy-Pratt: So hart das klingen mag: Vor dem Gesetz ist nicht jedes Leben gleich viel wert. Die Angehörigen eines gut verdienenden, jungen Familienvaters können mit einer größeren Entschädigung rechnen als die Hinterbliebenen einer 86-jährigen Großmutter. Die Entschädigung berechnet sich unter anderem danach, wie viel der Verstorbene in seinem Leben voraussichtlich noch verdient hätte und wie viele Menschen er unterstützen muss. Deshalb ist auch das Leben eines Kindes vor dem Gesetz weniger wert.

"So brutal kann Rationierung sein: Weil den Transplantationsmedizinern zu wenig Organe zur Verfügung stehen, müssen sie jedes Mal entscheiden, welcher Patient Anspruch darauf hat. Im Extremfall bedeutet eine solche Zuteilung das Todesurteil für andere Patienten, die ebenso dringend ein Ersatzorgan benötigt hätten. Wer solche Entscheidungen mittragen muss, ist wahrlich nicht zu beneiden. Die Frage ist, welche Kriterien bei der Zuteilung von Organen gelten sollen. Bei der heutigen Regelung gilt der Wert eines Individuums als unverrückbare Größe. Das heißt, jeder Mensch ist gleich kostbar, egal ob alt, jung, gebrechlich oder vital. Ein Grundsatz, der unmittelbar einleuchtet. Die logische Konsequenz daraus ist, dass medizinisch dringliche Fälle zuerst berücksichtigt werden müssen – unabhängig vom Allgemeinzustand der Person und den Erfolgsaussichten der Transplantation. Allerdings führt dies in der Praxis zu falschen Anreizen und unbefriedigenden Situationen. Etwa dass Patienten, die ein Organ benötigen, zuerst schwer krank werden müssen, bevor sie berücksichtigt werden. Dies verschlechtert die Erfolgschancen einer Transplantation. Der Vorschlag von Swisstransplant, bei der Organzuteilung den medizinischen Nutzen als Kriterium stärker zu gewichten, erscheint vor diesem Hintergrund vernünftig. Schließlich ist es auch im Sinn der Spender, dass ihr gespendetes Organ möglichst lange seinen Dienst tut. Doch der Vorschlag rüttelt am Grundsatz, dass jedes Menschenleben gleich viel wert ist. Dies ist ethisch heikel. In der Praxis kann es aber tatsächlich zu sinnvolleren Entscheiden führen. Dass dies möglich ist, zeigt der Bereich der Nierentransplantationen, wo Transplantationsmediziner den Nutzen bereits heute stärker gewichten als früher. Inwieweit der Vorschlag von Swisstransplant umgesetzt wird, ist noch offen. Wertvoll ist die Diskussion darüber aber allemal. Es zeigt, dass die Mediziner sich bemühen, die gespendeten Organe möglichst sinnvoll zu verteilen. Das stärkt das Vertrauen und dürfte die Spendenbereitschaft weiter steigen lassen. Die schwierige Aufgabe, Organe zuzuteilen, ist damit noch nicht gelöst. Aber in vielen Fällen entschärft."

AUS: IST JEDES LEBEN GLEICH VIEL WERT?
Von Felix Straumann. TAGESANZEIGER.CH Aktualisiert 25.09.2010

5

Warum gelingt es nicht immer, der Zeit einen Sinn zu geben?

Weil die Zeit eigentlich **ohnehin** *sinnlos ist und jeder Sinn nur eine Täuschung oder Projektion.*

6

Gibt es eine Wirklichkeit?

Nein. So viele wie es Lebewesen gibt. Eingeschlossen Pflanzen.

Jeder hat eine

# 7 Kann ein Mensch für sein Handeln voll verantwortlich sein?

Jaein

Klar. Das ist ja der gewisse Unterschied zum Tier.

8 — Darf man einen Mörder belügen?

für Leo

"La photographie, c'est la vérité, et le cinéma, c'est vingt-quatre fois la vérité par seconde" („Die Fotografie, das ist die Wahrheit, und das Kino, das ist die Wahrheit vierundzwanzigmal pro Sekunde.") Jean-Luc Godard, aus Le petit Soldat.

Vieles vom Leben kenne ich aus Filmen und so scheint mir, dass unsere Frage, um zu wissen, was sie meint, erst eines Scenarios bedarf. Anders gesagt: Wie trifft der Mensch, der lügt, hier auf den Menschen, der gemordet hat?

Eine recht simple Antwort bietet der klassische Kriminalfilm: Es ist das Scenario des positiven Helden, der sich durch Lüge in einen Kreis von Gangstern einschleust. Er arbeitet undercover, um einen Mörder zu finden.
Wir fragen uns gespannt „Wird es gut ausgehen?", doch dass wir uns dabei fragten, „Ja, darf der Held das denn überhaupt?" wäre nicht im Sinne des Films.
Mehr zum Kern des Problems, das heißt, in die Verstrickungen der eigenen Lüge hinein führt uns Samuel Fullers Shock Corridor. Hier sucht ein Journalist nach einem Mörder in der geschlossenen Psychiatrie und lässt sich dafür einweisen. Er hat so gut gelogen, die eigene Geisteskrankheit so glaubwürdig einstudiert, dass er im Laufe des Films dem Wahnsinn verfällt. Fuller erzählt davon in Bildern, die wie Blitze im Kopf einschlagen.

> I. Notabene: der Mörder wird oft belogen, um ihn am Ende zu ermorden, d.h. an den Galgen oder auf den eletrischen Stuhl zu bringen. (Im klassischen Western wird er beim finalen Duell erschossen, und das aus Notwehr, denn der Bösewicht zieht immer zuerst.)

Ein besonders gefährliches Scenario ist das der weiblichen Heldin, die sich auf eine Beziehung mit einem Mörder einlässt. Sie verführt mit dem Ziel zu überführen. Sie liebt – wie könnte es anders sein – den Mann, der unschuldig des Mordes verdächtig wird, der auf der Flucht ist oder bereits in Haft. Sie lügt im Dienst der Wahrheit und meist mit Erfolg, wie in Black Angel von Roy William Neill, nach einem Drehbuch übrigens von Cornell Woolrich, dem wir die Vorlag zu Hitchcocks *Das Fenster zum Hof* verdanken.

> II. Notabene: Mord und Lüge begegnen uns meist als eine Art Geschwisterpaar.

Der Mörder selbst lügt beim Versuch, vor den Konsequenzen seiner Tat zu fliehen. Das Fluchtdrama im Stil des Actionfilms kümmert sich dabei mehr um den äußeren Weg, das persönliche Drama, der Film um Schuld und Reue, mehr um den inneren.
Ein besonders ambivalentes Meisterwerk ist Terrence Malicks Badlands. Hier sind die Helden, das jugendliche Liebespaar, das im Laufe des Films einige Morde begeht, uns so nah und die Ermordeten mit einer Ausnahme so unsympathisch, dass wir nur wünschen, dass die jungen outlaws davon kommen... ja, Kraft der Story, der Bilder, belügt der mündige Zuschauer sich bereitwillig selbst.

> I. Exkurs: Der Film nutzt dabei einen Mechanismus, der auch im Leben gilt. Wir begegnen ihm meist in Form des Tagesjournalismus. Er sorgt dafür, dass die Toten, die uns nicht wirklich berühren sollen, kein Gesicht bekommen. Sie bleiben anonym, Statisten.

Doch von denen, die durch den Film lügen, und denen, die sich mit Genuss belügen lassen, zurück zu denen, die im Film der Wahrheit ausweichen.

In Jean Renoirs *This land is mine* verkörpert Charles Laughton einen schüchternen und ängstlichen Schullehrer. Der Film spielt in Frankreich zur Zeit der deutschen Besatzung. Renoir war emigriert, nach Hollywood, und so sehen wir die kleine Stadt unserer

Geschichte nur als Kulisse. Man könnte *This land is mine* für Propaganda halten, doch die Figuren sind erstaunlich differenziert, und das Künstliche (in diesem Frankreich sind die Straßen- und Ladenschilder auf Englisch) tut der Kraft des Schauspiels keinen Abbruch.
Charles Laughton ist in die schöne Nachbarin Louise verliebt (gespielt von Maureen O'Hara), die zusammen mit ihrem Bruder in der Resistance ist.
Im ersten Moment der Bedrohung lügt, das heißt, schweigt Laughton aus Angst. Erst als er unschuldig im Gefängnis landet und ihm die Nazis eine Lüge anbieten, die ihm den Kopf retten, aber anderen den Kopf kosten würde, wächst unser Lehrer über sich hinaus. Er besinnt sich seiner Liebe zum Menschen – die für ihn größer als die Liebe zum eigenen Leben wird. Er schlägt die Rettung aus, die man ihm anbietet.

> II. Exkurs: So mordet der Faschismus, ganz gleich dem schmutzigen Gauner, oft um die eigene Lüge (die zum Wesen seiner Existenz gehört) zu schützen. Er spielt dabei auf Zeit, im günstigsten Fall über den eigenen Tod hin aus.
> Geschichte zeigt uns jedoch, dass die Wahrheit meist am längeren Hebel sitzt. Nur ist ein Menschenleben dagegen so kurz...

Renoirs *This land is mine* ist auch darum großartig, weil er ins Gegenteil verkehrt, was der Standardplot fast aller Filme ist, die von Verbrechen handeln: Wann und auf welchem Weg wird der Täter gestellt, wie bröckelt die Lüge, die ihn von seiner gerechten Strafe trennt. Hier nimmt jemand die ungerechte Strafe des Systems auf sich, um dessen immanente Lüge zu entlarven.
River's Edge von Tim Hunter nähert sich jenem Standardplot zwar aus der klassischen Richtung, doch nimmt die Gesellschaft im Kleinen gleich mit in Kollektivhaft. Der Film, der auf einem tatsächlichen Fall beruht, erzählt die unfassbare Geschichte einer Gruppe

von high school kids: Einer von ihnen hat die Schulkameradin Jamie getötet und schneidet nun vor den anderen damit auf. Die Gruppe spaltet sich, die einen wollen zur Polizei gehen, die anderen möchten den Freund und Mörder schützen.

> III. Exkurs: Die Realität übertrifft dabei wie so oft fast alles, was die Fiktion uns versuchen könnte weiszumachen. Im Jahr 1981 vergewaltigt und erwürgt der 16 jährige Anthony Jacques Broussard in Milpitas, Kalifornien, die 14 jährige Marcy Renee Conrad. Er zeigt die Leiche mindestens 13 Mitschülern, doch es vergehen ganze zwei Tage, bevor einer von ihnen zur Polizei geht.

Im Gegensatz zum Mörder in *River's Egde* ist Isuzu Yamada in Kurosawas *Throne of Blood*, der im Deutschen den schönen Titel *Das Schloss im Spinnwebwald* trägt, in ihrer Tat völlig isoliert.
Sie wäscht als Lady Macbeth Abend für Abend vergeblich ihre Hände... So gibt es Filme, die uns lehren sauber zu bleiben, und andere, die uns zeigen, wie es sich mit Blut an den Händen lebt.

> III. Notabene: Ein Mord kann mit mehr oder weniger Absicht geschehen.

Das Schloss im Spinnwebwald und *The River's Edge* zeigen uns kaltblütige Morde. Wie ist es jedoch in Fällen großer Fahrlässigkeit, wo wir die klare Grenze zwischen „Mord" und „Tötung" nicht mehr ziehen können?
Der Autofahrer, der in *The Machinist* von Brad Anderson fahrlässig tötet und dann flüchtet, begegnet uns im Film zunächst als Opfer. Er wird von einer scheinbar unsichtbaren Kraft terrorisiert.
Jemand, der sich in seine Wohnung schleicht, schreibt Botschaften auf seine Kühlschranktür. Wir werden Teil eines langen und schlaflosen Alptraums, in dem der Held langsam die eigene Lüge, die dunkle Seite seiner Existenz entlarvt. Die Wucht der Schuld hatte ihn gespalten.

IV. Notabene: Es zeigen sich Mord und Lüge meist als Siamesische Zwillinge.

Andersons schlafloser Maschinist verkörpert jene (auto)destruktive Allianz, in der die Lüge sich als der Versuch Realität auszulöschen zeigt – und der Akt des Tötens als stärkste Realisation überhaupt möglicher Auslöschung.

Auch in Atom Egoyans *The Sweet Hereafter* ist es ein Verkehrsunfall, der die Frage nach Schuld und dem Umgang mit Trauer stellt. Mit einem Schlag verliert eine kleine Gemeinde beim Unfall eines Schulbusses fast alle ihre Kinder. Der Familienvater Billy Ansel, der es sich zur Gewohnheit gemacht hat, täglich eine Weile hinter dem Bus herzufahren und dabei seinen Kindern auf der Rückbank des Busses zuzuwinken, wird hilfloser Zeuge des Unglücks.
Die Hinterbliebenen erhalten bald Besuch von einem Anwalt, der ihre Trauer und ihren Zorn zu einer Schmerzensgeldforderung bündeln möchte.
Billy Ansel jedoch möchte seinen Schmerz nicht vor Gericht verhandeln und boykottiert daher die Arbeit des Anwalts. Er kann eine der zwei einzigen Überlebenden überzeugen, durch eine Lüge vor Gericht eine erfolgreiche Klage unmöglich zu machen. So bewältigen die Mitglieder der Gemeinde schließlich ihre Trauer gemeinsam, in nachbarschaftlichem Beistand.
Dies mag naiv klingen, doch ein Film, der eine Lösung in Form eines gewonnenen Schadensgeldprozesses präsentierte, dürfte an sich wohl auch eine Form der Lüge sein.

Vom sweet hereafter, dem süßen Jenseits, und den Fragen nach Mord und Lüge ist es nur ein kleiner Schritt zu den Zehn Geboten. Der legendäre Cecil B. DeMille hat die Geschichte der göttlichen Gesetze gleich zweimal verfilmt: Einmal in 1923 als stummen Monumentalfilm und 33 Jahre später als noch monumentaleres Remake.
Mehr als 14.000 Statisten und über 15.000 Tiere aller Art spielen

in *The Ten Commandments* mit. Der große Exodus wurde in den Dünen im San Luis Obispo County gedreht, wo die 30 Meter hohen Kulissen nach Drehschluss gesprengt und im Sand begraben wurden. Heute befindet sich auf dem Gelände eine archäologische Forschungsstätte. Man könnte durchaus sagen, dass dort ganz im Sinne Godards nach der Wahrheit der Fiktion gegraben wird.
Die Szene, in der Mose das Rote Meer teilt, wurde in Seal Beach gedreht und zählt zu den Höhepunkten früher Filmgeschichte. (Bilder, die viele kennen, ohne den Film je ganz gesehen zu haben.)
DeMilles eigenes Remake mit Charlton Heston in der Rolle des Moses und Yul Brynner als Pharao Ramses konzentriert sich fast völlig auf die Bücher Moses. Hier erscheint, wie generell im Alten Testament, der Mord auch als eine Form der Lüge: Der Mörder gibt sich als der Mensch zu erkennen, der die Tatsache leugnet, dass er nicht Gott ist. Der sich am strafenden Gott vergeht. Denn Gott allein schenkt Leben und nimmt es auch wieder.

Im Neuen Testament, im Ersten Evangelium Matthäus von Pier Paolo Pasolini wird das Scenario schon komplizierter, denn hier belügt der Mensch, der mordet, sich selbst. Er versündigt sich an seinem inneren Gott, der eigenen Gottwerdung. Er versündigt sich am Bruder – ein Hauptmotiv übrigens in vielen wunderbaren Western, von denen wenig die Geschichte des Brudermords so gut erzählen wie Nicolas Ray mit *The True Story of Jesse James*.

> IV. Exkurs: Wer mordet ohne dabei sein Gewissen zu prüfen, ja, wer den Menschen tötet, so wie man es mit Tieren tut – wir könnten uns hier fast jeden beliebigen Kriegs- und Actionfilm anschauen – scheint in diesem neuen Licht noch einer weiteren Lüge zu unterliegen. Er leugnet schlichtweg die Tatsache, dass jede Menschenseele hier auf Erden nur ein einziges und unverwechselbares Leben zu verlieren hat.

> Es liegt im Wesen des Kinos, aus eben dieser Tatsache
> Geschichten zu schöpfen. Der Held, die Heldin, das Ge-
> sicht auf der Leinwand behauptet einerseits die Einzigar-
> tigkeit des Einzelnen, die Unverwechselbarkeit seiner
> Lebensstory, und andererseits lässt es uns für anderthalb
> Stunden in dieses andere Leben schlüpfen.

Eine seltene und besonders interessante Variante unserer Frage erleben wir in Francis Ford Coppolas *The Conversation*: „Sollte man lügen, um einen Mord zu verhindern?"
Gene Hackman spielt hier einen alternden Abhörspezialisten. Er ist als selbstständiger Unternehmer der beste seiner Zunft und arbeitet im Dienst der großen Konzerne und Geheimdienste – und seine Kunst dürfte indirekt schon manches Leben gekostet haben. Unser Held – der ein Dilemma auf sich nimmt, das uns vor der Leinwand plötzlich alle betrifft – ist ein Genie und ein Handlanger, und eines Tages klebt ganz direkt das Blut von Unschuldigen an seinen Händen.

> V. Notabene: Es ist für mich immer wieder überraschend,
> wie bereitwillig ich als Zuschauer die im Grunde unverant-
> wortbare Unterscheidung zwischen dem Wert von „un-
> schuldigen" und „schuldigen" Leben schlucke. Ja, wie viele,
> selbst sehr großartige Filme fraglos auf dieser Unterschei-
> dung aufbauen.

Wer hätte hingegen noch eine simple Meinung zur Frage Mord, Lüge und Todesstrafe, zur Unterscheidung von Leben, die einmal mehr und einmal weniger wert sind, nachdem er Tim Robbins *Dead Man Walking* oder *Monster* von Patty Jenkins gesehen hat. Die Skripte beider Filme beziehen sich interessanterweise ebenfalls auf wahre Begebenheiten.
Dead Man Walking folgt den Erinnerungen der Ordensschwester Helen Prejean, in Film von Susan Sarandon gespielt. Sie betreut den wegen Mord und Vergewaltigung zu Tode verurteilten Sean

Penn, dessen Figur den Mördern Elmo Sonnier und Robert Lee Willie nachempfunden ist. Beide wurden 1984 auf dem Elektrischen Stuhl hingerichtet.

Dass er den Mörder in seiner Menschlichkeit zeigt, ohne der Tat ihre Unmenschlichkeit zu nehmen, ist die Stärke des Films, und auch hier begegnet uns ein Mörder, der mit der eigenen Lüge, mit Fragen der Schuld, Scham und Verdrängung, kämpft.

Wir, die Zuschauer, bleiben verstört und ratlos zurück, unsicher, ob wir die Kraft zur Vergebung hätten.

In Patty Jankins' *Monster* spielt Charlize Theron die Prostituierte Aileen Wuornos, die im Jahr 1992 die Morde an sechs Freiern gestand und nach einem Jahrzehnt Haft schließlich in Florida hingerichtet wurde.

Wuornos, als Kind missbraucht und seit dem 13. Lebensjahr auf dem Strich, begegnet uns im Film als hilfloser Rachengel. Erst als sie einen Mann ermordet, der ihren Weg ohne schlechte Absicht kreuzt – und der Verdienst der Regisseurin ist, dass sie den Opfern unserer Heldin ein eigenes Gesicht zugesteht – beginnt der Film den Zuschauer selbst völlig hilflos, ohne ein klares Verhältnis zur Hauptfigur zurückzulassen. Wir sind der Filmfigur dadurch näher denn je, gewinnen eine Ahnung ihrer fatalen Ohnmacht.

Auch in Coppolas *The Conversation* ist jene tiefe Irritation, die *Monster* und *Dead Man Walking* bei uns hinterlassen, ein zentraler Moment. Nur spielt sich hier die Verstörung innerhalb der Figur ab. Langsam schwant Hackman, unserem Abhörspezialisten, dass man mit Hilfe seiner Kunst einen Mord planen könnte... Soll er die eigene Seite belügen, um es zu verhindern? Ist die Vermutung, die er hat, genug, um seinen Lebensinhalt, ja, vielleicht sogar das Leben selbst dafür aufs Spiel zu setzen?

Lassen Sie mich vom Plot nicht mehr verraten, als dass unser Held zum Schluss in seinem völlig zerstörten Apartment hockt. Der Spieß ist umgedreht, und Hackman hat beim Versuch das Mikrofon zu finden, mit dem man ihn selbst abhört, alles zerschlagen und von innen nach außen gedreht... und selbstverständlich nichts gefunden. Nun sitzt er zwischen den Trümmern seiner Existenz und spielt Saxofon.

Vor unseren Augen steht das entscheidende Scenario unserer zeitlosen Frage, und es ist wieder unser Siamesischer Zwilling: Die Frage nach dem potentiellen Mörder in jedem von uns. Und die Frage, ob es erlaubt ist, davor die Augen zu verschließen – sich selbst zu belügen.

Wie viele gute Filme zur Frage haben hier keinen Platz gefunden, und eine unheimlich große Zahl dürfte ich schlichtweg nicht kennen – drei, die ich liebe, möchte ich Ihnen jedoch noch ans Herz legen. Sie spielen wiederrum andere Variationen unserer Frage durch: Hal Hartleys *The Unbelievable Truth*, Antonionis *Blow up* und Tarkowskis *Solaris*.

Ich hoffe, ich habe Ihnen auf ein paar der vorgestellten Filme Lust gemacht... wobei mir selbst eine schlichte Antwort auf unsere Frage nicht einfiele. Ja, zum Verrecken nicht. Ich müsste lügen.

Ich wünsche Ihnen stattdessen Freude mit den bewegten und bewegenden Bildern, in der Gesellschaft unseres dunklen Geschwisterpaares, im hellen Licht, das der Projektor wirft.

Denn wie hat Godard so schön gesagt, *„Film ist die Wahrheit vierundzwanzigmal..."* *N'est-ce pas?*

Selbstverständlich, wenn es das eigene oder andere Menschenleben retten kann.

Klar. Nicht nur einen Mörder. Kommt ganz auf die Lüge an und wem sie hilft.

Ja! Lügen ist zwar christlich gesehen auch eine Sünde, aber doch irgendwie weniger schlimm als Morden. Außerdem ist Lügen manchmal ein Ausweg, vor allem, wenn man mit dem Mörder alleine in einem Raum ist und sein Geheimnis kennt.

9

Wie viel von unserer Persönlichkeit ist genetisch bestimmt?

Nichts. Jedoch wirken sich genetische, körperliche Merkmale auf unsere Persönlichkeit aus, da auf sie von außen reagiert wird: Geschlecht, Hautfarbe, Stimme, etc. etc.

Ich bin Laie, schaue in einem schlauen Buch zum Thema nach.

10

Gibt es Formen des Bewusstseins, die wir nie erreichen werden?

ja sage ich persönlich

ABER

Graf von Dürkheim: "Es gibt bei uns Menschen (seelische) Regionen, die wir lieber nicht erreichen sollten, denn es könnte die Seele krank machen"

Ja. Zum Beispiel das einer
Hummel

II

Gibt es ein Ich außerhalb des Körpers?

Ja

Das Du

Jedem nach seinen Bedürfnissen oder jedem nach seinen Fähigkeiten?

Fähigkeiten

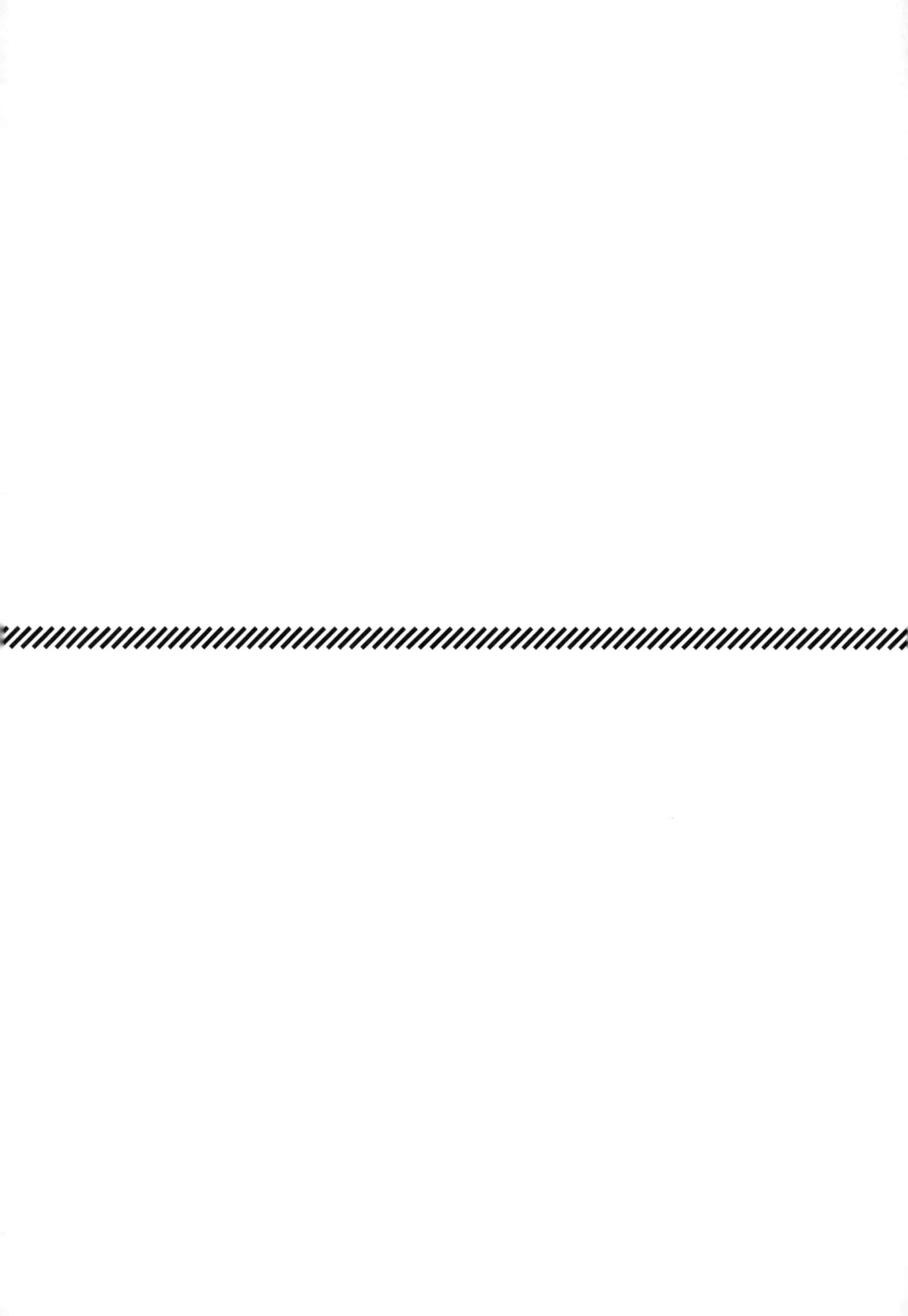

Hört die Vergangenheit irgendwann einmal auf?

13

Nein.

Im Stadium der Demenz. Zeit ist ohnehin Einbildung, es gibt nur die Gegenwart, die Vergangenheit ist eine subjektive Konstruktion unseres Gehirns, die so lange hält wie das Gehirn selbst.

Die Vergangenheit hört auf, wenn sie keinen Einfluss auf die Gegenwart mehr hat.
Sollte sie in Zukunft wieder Einfluss bekommen, kann sie somit auch wieder zu leben anfangen.
Vielleicht sollte man dieses zweite Leben allerdings schon einer zweiten, konstruierten Vergangenheit zuschreiben, die jemand aus der Entfernung neu aus Quellen entdeckt oder erinnert hat. Viele Traditionen und »lebendigen Vergangenheiten« weisen diese verdächtigen Kontinuitätslücken auf. Wir können ja nicht umhin, uns ein Bild der Vergangenheit zu konstruieren, das den Bedürfnissen unserer Gegenwart entspricht. Es wird getrickst und manipuliert um einen Sinn zu stiften. Das eine wird zur Ursache des anderen erklärt, weil es in die Theorie passt. Das Bild muss Angriffen standhalten und glaubwürdig sein. In Crichtons Roman »Jurassic-Park« haben die Gen-Spleisser die wiedererweckten Saurier künstlich langsamer gemacht, weil sie nur so jenen Besuchern »echt« vorkamen, die Saurierbewegungen aus »Step by Step«-Animationen kannten.
Die tote oder aufgehörte Vergangenheit hat den kristallinen Reiz der Unerreichbarkeit. Die lebendige, unmittelbar wirkende Vergangenheit ist unentrinnbar schicksalhaft. Die wiedererweckte, zweite Vergangenheit ist unser anregendes und gefährliches Spiel mit dem Sinn unseres Daseins. Eine Totenbeschwörung und der Grund unserer Kultur.

Ist

U n e n d l

möglich?

c 14 k

Aber sicher, das lernt man doch schon in der neunten Klasse. Sie sieht so aus:

Klar. Wenn man voraussetzt, dass Zeit eine menschliche Erfindung ist. Gegenwart wird es immer geben – also somit unendlich. Ähnlich verhält es sich mit dem Raum.

Kristalle kann man schneller wachsen lassen, wenn man zusieht. Bei Gras ist es umgekehrt. Lässt man es in Ruhe, wächst es einem in die Ohren, wie die Zeit, die man allein auf einem Bahnsteig verbringt. Dreht man Uhren um, gehen sie nicht rückwärts, sondern gegen die Wand. Dann folgt entweder ein Ticken auf Stille, oder Stille auf ein Ticken, blendet man eines von beiden aus, ist beides weg. **war immer so.**
Denkt man morgen an gestern, sieht man sich selbst, wie man gestern an morgen denkt und damit heute erschafft. Trennt man ein Ei in Davorgelb und Danachweiß muss man aufpassen, dass man nicht die Unterscheidung zersticht, sonst hat man die Hände voll matschigem Jetzt. Man muss irgendwann anfangen, an die Unendlichkeit zu denken, sonst kommt sie tatsächlich, und das kann keiner wollen.

15

Warum gelten lange Beine bei Frauen als attraktiv?

Männerfrage. Vielleicht haben die Herren bei langen Beinen mehr Zeit für Fantasien. Hat mich, als ich noch lange schlanke Beine hatte und einen kurzen Rock trug, auch manchmal gewundert, wie die Jungs den Beinchen hinterher liefen. **Weil bei langen Beinen selbst lange Röcke zu kurzen werden.** *Lange Beine sind grundsätzlich attraktiv, auch bei Männern. Gut laufen zu können war für unsere Vorfahren ein Vorteil. Nun haben die meisten Frauen im Vergleich zu Männern eher kurze Beine, daher wurden sie mit modischen Tricks verlängert. Bei Frauen sind es also nicht eigentlich die langen Beine, sondern die durch hohe Schuhe künstlich verlängerten Beine, die besonders attraktiv wirken. Es ergab sich eine für Männer unwiderstehliche Kombination: Lange Beine, die ihnen aber auf ihren Stöckelschuhen nicht wirklich weglaufen konnten, sondern ausgeliefert waren - irgendwie schutzbedürftig.*

Ist (die Fähigkeit zu) lieb e(n) angeboren?

Nein. Wird erlernt.

Liebe ist...? Zunächst wäre zu klären, von welcher Liebe die Rede ist. Die Liebe zum eigenen Leben scheint mir wirklich angeboren zu sein, so wie auch die Liebe die man entwickelt für ein eigenes Kind. Welche Art von Liebe wird aber in dieser Frage behandelt? Ist es das spontane Gefühl, das man bekommt, wenn man sich verliebt? Unter Umständen ist es sehr intensiv und wird gerne Liebe genannt. Es macht, daß der Moment sehr sehr stark empfunden wird, daß die Welt in einem Augenblick einen Sinn ergibt, daß alles wie von Liebe durchzogen erscheint. Es ist ein Gefühl, das nicht erlernt werden muß, das sich einstellt und wie von tiefer innerer Seite kommt, oder wie von höherer Macht eingegeben wird. Es scheint etwas zu sein, das es einfach so gibt, das, weil es immer wieder so in Erscheinung tritt, möglicherweise in unserer Natur liegt und deshalb vielleicht angeboren ist. Ich behaupte aber, daß es noch eine Art von Liebe gibt, die nicht angeboren ist: die Entscheidung für die Geliebte, den Geliebten, oder das Geliebte. Wenn eine Frau sich entscheidet Nonne zu werden, oder ein Mann Mönch, dann trifft er eine Entscheidung für den geliebten Gott, Jesus, Geist, das geliebte Geistige Wesen. Wenn Mann und Frau sich füreinander entscheiden und dann ein Leben lang miteinander leben, weil sie sich dazu entschieden haben, dann ist das eine stärkere, weil nicht von irgendeiner Naturgewalt befohlene und nicht angeborene, Liebe. Das kann natürlich auch in die Hose gehen, aber die Entscheidung füreinander ist die starke Kraft, die ich auch Liebe nennen will und die sicher nicht angeboren ist.

17

Wie nah kann man sich kommen?

Bis zur personellen Verschmelzung.
Nähe ist aber nicht grundsätzlich gut.

Distanz kann helfen.

Magnetfeld
Magnet fällt
ins Magnetfeld
wo er auf einen Magnet fällt
oder ist es dessen Magnetfeld?

1 Was kann das soziale Umfeld bewirken?

Alles.

Selbst wenn es **nichts** mehr bewirkt, dann hat ein **anderes** soziales Umfeld zuvor irreversibel gewirkt.

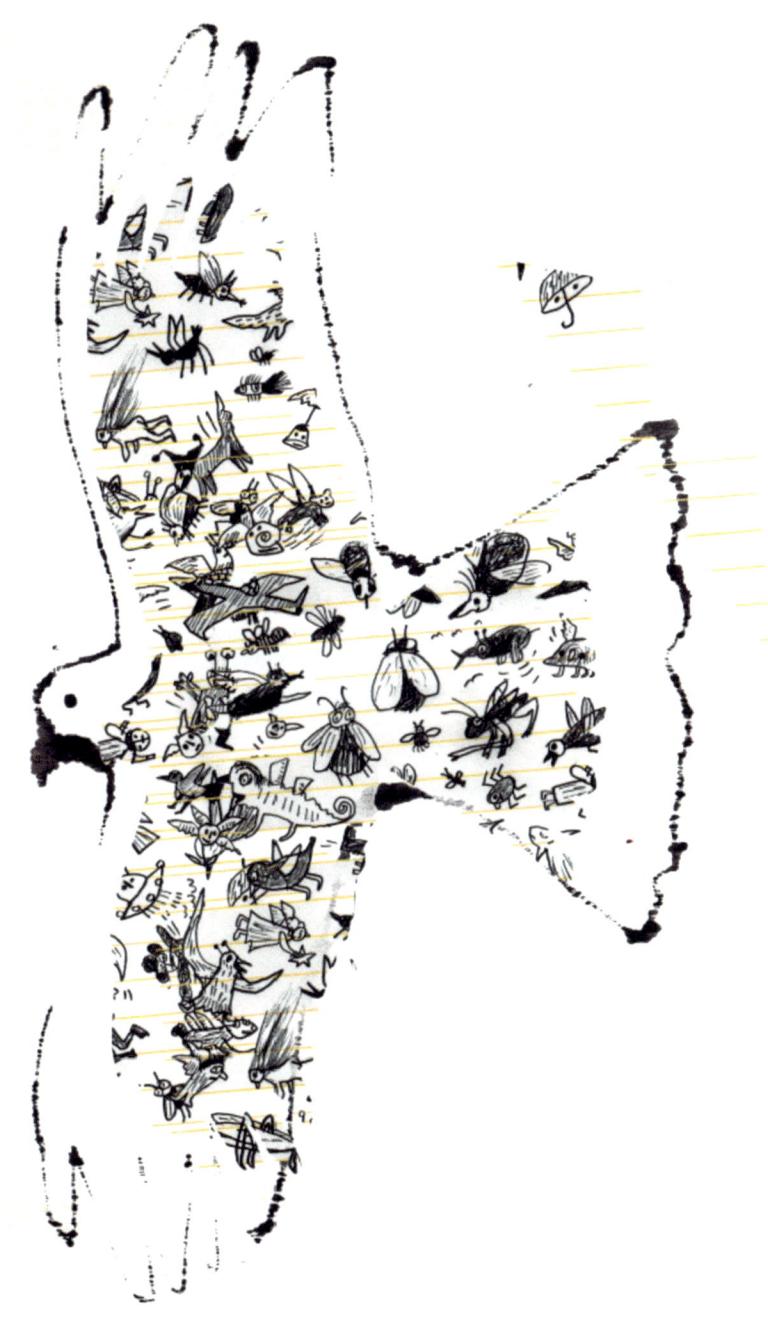

Ist etwas uneingeschränkt wahr (echt)?

19

Ja

AN, LS

Im Rahmen unserer „Wahr-Nehmung" schon, wie z.B. Naturgesetze etc. – außerhalb dieser gelten nicht mal diese.

20

Ist Liebe existenziell?

Ist Liebe		existenziell
Ist		ziell?
	Liebe Liebe Liebe	
Liebe		ziell?
Ist		existenz
Liebe?		
Ist		
Liebe		
Liebe?		
Ist		existenz
		existenziell?
Liebe		
Ist		existenz?
		ziell!

NEIN

Aber frei zitiert:
"Die Liebe ist ein wunderbares Ding",
wie die Marschallin im Rosenkavalier singt.

Es läßt sich auch leben ohne zu lieben oder geliebt zu werden.

21
Kann eine Entscheidung völlig richtig sein?

„Völlig richtig" **nie**. Es kann immer ein Argument gegen eine Entscheidung gefunden werden.

Hat jeder Mensch eine bestehende Persönlichkeit, die er im Laufe seines Lebens kennenlernt, oder formt sich die Persönlichkeit im Laufe seines Lebens?

Wenn er Glück hat, lernt er einen Teil seines Ichs kennen, kann ihm grundsätzlich "treu sein" oder sich w e i t e r e n t w i c k e l n .

Keine Frage.
Formt sich natürlich.

Was macht, dass man einen Menschen sofort mag oder gar nicht, und warum dauert es dann so lang, seine Meinung zu revidieren?

Oft ist es der Geruch. Also Pheromone.
Stimme, Dialekt, Mimi, Gestik.

Ein Cocktail.

Ich glaube, man mag einen Menschen sofort, wenn dieser Mensch einem selbst recht ähnlich ist. Je mehr Gemeinsamkeiten man entdeckt, desto sympathischer erscheinen mir viele – und je unterschiedlicher man z.B. charakterlich oder hobbytechnisch ist, desto weniger Gesprächsstoff zwischen Menschen gibt es.

Demnach dauert es auch lange, diesen Eindruck wieder zu revidieren, denn Menschen verändern sich und ihre Ansichten auch nicht von heute auf morgen zu einem „Mir-ähnlicheren-Selbst".

24

Beinhaltet Nähe immer beides, Glück und Schmerz?

Beziehung: beinhaltet keine Konservierungsstoffe
Joghurt: beinhaltet keine Schmerzen
Glück: beinhaltet keine Fragen
Nähe: schließt Ausschluss mit ein
beides: Alle sind immer mindestens zwei
und: verbindet, was sich gegenseitig nicht fragwürdig macht
immer: gehäuftes Zusammentreffen von Zeit und Tatsachen, auch: Tatsächlichkeitsgebirge
?: Wunsch nach Sicherung der Unsicherheit

Mein Kopforchester drängte ob des angeregten, geistreichen Gespräches bereits dem musikalischen Höhepunkt entgegen, die Pauken und Becken dröhnten und flitzten fortissimo durch die Hirnwindungen, als sie mich fragte «Beinhaltet Nähe immer beides, Glück und Schmerz?» Ou mann, ich glaubte mich bis zu dieser Frage wirklich tapfer gehalten zu haben, stellte mir schon vor mit der einen oder anderen Antwort so gepunktet zu haben, dass ich in absehbarer Zeit den übelriechenden Kellner an unseren Tisch winken, die Rechnung – für beide – begleichen könnte und sie nach Hause begleiten dürfte, unterwegs weiterhin kluges und scharfsinniges von mir zu geben, sie zum Lachen zu bringen, sie beiläufige Berührungen angenehm empfinden zu lassen und aus ihrem Mund die Frage zu hören, ob ich noch auf ein Glas irgendwas mit in ihre Wohnung möchte, aber ey, diese Frage schien nicht in Richtung ihrer Wohnung zu führen, sondern in Richtung richtig lange nachdenken, bevor ich, wenn überhaupt, zu einer Antwort fähig war, die sie gut fand, keine weiteren philosophischen Fragen nach sich zog und vielleicht doch noch dazu führte, die Nähe zu beinhalten, die ICH mir vorstellte.
«Ich empfinde Glück als ein flüchtiges Gefühl, Schmerz als eines, das greifbarer ist, länger anhalten kann. Wenn der Schmerz nachlässt, kann das ein Glücksgefühl in mir auslösen. Wenn das Glücksgefühl nachlässt, bin ich nicht zwangsläufig traurig. Ich weiß jetzt grade nicht, wie ich das Wort NÄHE in meine Überlegungen einfließen lassen kann. - Vermutlich ist die Frage nur mit JA zu beantworten. Ich beschreibe ein Extrem: Zwei Menschen respektieren einander, verbringen 55 Jahre miteinander, sind sich nahe, erleben gemeinsame Glücksgefühle, keinen Schmerz durch Nähe, bis einer stirbt, bis zur Abwesenheit der Nähe. Auftritt Schmerz. Aber die Nähe ist ja gar nicht mehr da. Also doch NEIN?»
Stille. Spannung. Kein blinzeln.
Ihre Augen näherten sich meinen ganz langsam. Ich hielt dem Blick stand, bis ich ihre Rotweinlippen auf meinen, zwischen meinen spürte. Ein Glücksgefühl, das sich jäh durch ein kräftiges in-meine-Lippen-reinbeissen in Schmerz verwandelte.

Gibt es Geister?

Ja. Ich spreche ab und zu mit ein paar.

GEISTER SIND DIE WESEN, DIE DIE GEFÜHLE MACHEN.

Wie viel kann man opfern?

Zunächst die Begrifflichkeiten. Eine kurze Definition von "opfern": "Etwas für einen Zweck aufgeben, bewusst den Verlust hinnehmen für einen höheren Zweck." Spontan fällt mir dazu ein: Opfern kann man sein ganzes Vermögen, seine Überzeugungen, sein Leben...
Die Frage, die sich sodann stellt, ist: Wofür ist man bereit, etwas zu opfern? Zumeist wird der Ausddruck "opfern" in einem religiösen Kontext benutzt. Einer übergeordneten Macht oder Gottheit wird eine Opfergabe dargebracht.
Es mag sie geben, diese Menschen, die sich aufgrund ihres Glaubens, gleich welcher Religionszugehörigkeit auch immer, dazu berufen fühlen, materielle Dinge, Zeit, oder sich selbst zu opfern, um ihrem Gewissen oder einer inneren Stimme zu folgen, die aus den der Religion zugrunde liegenden Schrift oder Geboten ein solches Verhalten wünscht oder verlangt.
Auch im Verzicht kann man sich opfern, etwa durch ein Leben im Zölibat.

Kritisch betrachtet, als ein nicht gottesgläubiger Mensch, frage ich mich, ob Opfer - im religiösen Wortsinn - jemals aus reinen Glaubensgründen dargebracht werden, aufgrund eines "Auftrages" oder der Philosophie in der jeweilig geltenden Schrift (Bibel, Koran und andere), als Aufruf zu teilen und die Welt gerechter zu machen?
Hinter den religiösen Motiven könnte auch eine weitaus weniger erquickliche Kehrseite verborgen sein.
Handelt es sich bei den Opfergaben womöglich um den simplen Versuch eines Deals, ähnlich dem früheren Ablasshandel, mit dem man seinen Gott oder seine Götter milde stimmen möchte, sich günstige Lebensbedingungen oder ein Weiterleben nach dem Tod "erkaufen" und aushandeln möchte?
Könnte es sein, es ist die Furcht vor der Endlichkeit, die Menschen dazu bewegt Opfer zu bringen, in der Hoffnung auf Ewigkeit und Weiterleben nach dem (irdischen) Tod?
Besonders interessant finde ich die Frage, ob mancher es gar nötig hat, Opfer zu bringen. Wie groß können Verfehlungen eines einzelnen sein und wie geht er damit um? Sind Reue und ein schlechtes Gewissen die Triebfeder dafür, etwas zu opfern oder sich aufzuopfern?
Muss etwas wiedergutgemacht werden in dieser Form, um weiterleben zu können und nicht innerlich zu zerbrechen?

In der Extremform kann religiöser Fanatismus einzelne dazu bewegen, sich selbst zu opfern.
Ich denke dabei an den islamistischen Terrorismus, wenn Menschen sich als Märtyrer für ihre oftmals völlig wahnhafte Idee in menschliche Fackeln und Sprengkörper verwandeln und dabei möglichst viele "Ungläubige" mit sich in den Tod reissen.
Doch auch hier stellt sich die Frage nach dem Motiv hinter der Fassade des Islam.
Sinnenfreuden, Essen, Trinken (siehe dazu Sure 47, 15: Im Paradies fließen Ströme von Wasser, Milch, Wein und Honig) und jede Menge reiner Jungfrauen werden da im Koran in Aussicht gestellt (siehe dazu in den Suren 19,61 und 55, 68, sowie 52, 17-24 und 56, 15-23).
Genuss und Völlerei, dazu Frauen, die Mann nach Herzenslust benutzen kann.
Da lohnt es sich doch, sein Leben zu opfern, zum Attentäter zu werden und als Märtyrer zu sterben!
Was aber opfern die Frauen, noch dazu diejenigen, die nicht auf Jungfrauen stehen?

Losgelöst vom religiösen Kontext zeigt sich noch ein ganz anderes Spektrum dafür, wieviel und aus welchen Motiven man opfern kann.
Es mag auf Idealismus beruhen, wenn einer, der mehr hat, dem, der wenig hat, etwas abgibt und opfert, etwa in Form von Spenden (Geld, Nahrung, Kleidung).
Bei manchen Menschen mögen es Minderwertigkeitsgefühle sein, die sie dazu bringen, sich aufzuopfern, zu engagieren, um vielleicht durch ihr aufopferungsvolles Verhalten in ihrem Selbstwertgefühl bestätigt und aufgerichtet zu werden in Form von Anerkennung und Dank.
Vielleicht sollte man in diesem Zusammenhang wegkommen von der Frage nach den Motiven und stattdessen auf das Ergebnis blicken.
Solange es sich nicht um die oben beschriebenen Extremfälle handelt, wird man anerkennen müssen, dass die Opferbereitschaft der Menschen in vielen Bereichen des Lebens und der Welt dazu beiträgt, dass z.B. ehrenamtliches Engagement Gutes bewirkt, finanzielle Unterstützung zum besseren Leben für weniger Privilegierte beiträgt und die Zeit, die man opfert, für andere oftmals Schlimmeres verhüten und zu besseren Lebensumständen beitragen kann.

Abschliessend noch ein Gedanke zum "WIEVIEL", das man opfern kann. Ich gehe davon aus, dass jeder Mensch seinen Preis hat, jeder ist käuflich, und sei er noch so integer.
In annähernd 100% möchte ich behaupten, es lässt sich bei jedem eine Schwachstelle oder verletzliche Stelle finden.
An dieser Stelle mache ich das Wieviel fest, das ein einzelner zu opfern bereit ist. Sei es für Geld oder eine Überzeugung, sei es für das Vaterland oder die Liebe. Sicher, immer wird eine Abwägung stattgefunden haben, bewusst oder unbewusst, es wird eine Gewissensentscheidung und ganz individuell sein, wieviel ein Mensch zu verlieren bereit ist, um damit einen höheren Zweck zu erreichen. Das kann jeder nur für sich selbst entscheiden.
Eine extrem schwierige Situation stelle ich mir vor, wenn man seine ureigenen Überzeugungen opfern muss - und weiterlebt mit dem Wissen, das allgegenwärtig ist, dass man sich selbst verraten hat.

Alles. Sein Leben. Oder den ganzen Planeten. Muss man aber nicht.

Nichts oder alles.
Die 3. Strophe eines Psalms von 1867 galt als Leitspruch der Freiheitskämpfer während des 2. Weltkriegs, sie lautet sehr frei übersetzt: *Kämpfe für alles an was du glaubst (was du liebst), stirb, wenn es sein muss, für diesen Glauben, dann ist weder das Leben noch der Tod (das Sterben) schwer.* Diese Worte würden Kreuzritter wie auch fanatische Gruppierungen verwenden können.

Woher weiß ein Samenkorn, dass es Rote Bete oder ein Mammutbaum wird?

Durch die DNA. Und da hat das Samenkorn leid

er keine Entscheidungsfreiheit. Wie der Mensch.

28

Über dieses Buch

Sommer 2012, es ist heiß und wir beginnen eine Art Spiel oder Experiment. Vierzehn Tage lang stellen wir uns gegenseitig täglich eine Frage, ohne diese zu beantworten.

Es werden Fragen, die einem so nebenbei in Gedanken begegnen, Fragen, die man sich immer wieder stellt, Fragen, auf die man eigentlich gar nicht kommt.

Viel später einmal geben wir uns dann ein paar Antworten.

Und fragen uns, wie die anderer Menschen wohl aussehen würden, welche Fragen sie interessant fänden, ob junge Menschen die Fragen anders beantworten würden, als Ältere, ob man sich durch die Antworten wohl ein Bild von dem jeweiligen Menschen machen könnte - und auch, ob es wohl Fragen geben würde, die gänzlich unbeantwortet blieben, sei es, weil sie zu schwer zu beantworten, sei es weil sie vielleicht schlicht zu „einfach" oder auch zu abwegig sind.

Wir haben die Fragen einer Reihe von Menschen geschickt mit der Bitte, eine oder mehrere davon zu beantworten. Dabei blieb ihnen die Wahl der Ausdrucksformen überlassen, einzig druckbar musste es am Ende sein.

Fünfzehn Personen, jung und alt, Künstler, Studenten, (...) haben uns nach einiger Zeit ihre Antworten geschickt. Dabei blieb keine Frage unbeantwortet.*

Prosa, Lyrik, Collage, Essay, Illustration bekamen wir. Komisch, ernst, ironisch. Bisweilen einhellig in der Meinung, mitunter sehr verschieden.

Daraus wurde dieses Buch.

---

* Die letzte einmal ausgenommen – die blieb einer der Verfasser bis heute schuldig

Autorenverzeichnis

AM Anne Maar, geboren 1965, Kinderbuchautorin und Leiterin des Fränkischen Theaters Schloss Maßbach. Sie lebt in Wetzhausen.

Sean Keller, geboren 1992, teilw. Kunststudium in Nürnberg, Assistenzen an verschiedenen Theatern, Studium an der HfbK Hamburg. **SK**

¿

AA Andreas Armand Aelter, geboren 1969. Lebt in Basel.

Birgit Bauer, geb. 1965, lebt in Süddeutschland, hat drei erwachsene Kinder und ist von Beruf Krankenschwester. **BB**

VB Verena Ballhaus, geb. 1951. Kunststudium in München. Illustratorin. Lebt in München

Tamara Deutsch, geboren 1993, studiert Psychologie. Lebt in Nürnberg. **TD**

TF Thery-Joe Federolf, geboren 1991, studiert Literaturwissenschaften, lebt in Bamberg.

Hannes Maar, 1989 geboren, studiert Design mit dem Schwerpunkt Film in Nürnberg. **HM**

PM Paul Maar, geb. 1937, ist Autor und Illustrator. Zahlreiche Kinder- und Jugendbücher, sowie Kindertheaterstücke. Lebt in Bamberg.

Bjørn Melhus (*1966), Filmemacher & Künstler. Er lebt in Berlin und lehrt seit 2003 an der Kunsthochschule Kassel. **BM**

IP Ingo Pfeiffer, geboren 1964, Schauspieler und Regisseur, lebt in Unterfranken.

Anita Rask Nielsen, geboren in Kopenhagen. Studium Bühnen- und Kostümbild in München. Lebt in Hamburg. **AN**

PR Paul Rauber wurde 1969 in Zürich geboren. Schauspieler, Stückautor und Regisseur. Heute Lehrer für Deutsch in St. Gallen.

Andreas Schendel ist 1971 am Niederrhein geboren, lebt in Dresden und Budapest. Er schreibt Romane und Kinderbücher. **AS**

MS Martina Schröder, geboren 1970, Schauspielerin, Schulsozialarbeiterin. Lebt in München.

Lea Schumm, geboren 1994, hat ihr Abitur 2012 abgeschlossen und wird voraussichtlich Design mit Schwerpunkt Illustration in Nürnberg studieren. **LS**

SW Sebastian Worch, geboren 1961, ist Dramaturg am Fränkischen Theater Schloss Maßbach.